첫사랑을 위한 테라피

숨은 용을 보여주는 거울

주한 프랑스문화원

Cet ouvrage a bénéficié du soutien des Programmes
d'aide à la publication de l'Institut français.
이 책은 프랑스문화진흥국의 출판 번역 지원 프로그램의 도움으로 출간되었습니다.

첫사랑을 위한 테라피

숨은 용을 보여주는 거울

마르탱 파주 지음 배형은 옮김

Traite sur lés miroirs pour faire
apparaître les dragons

내인생의책

《숨은 용을 보여 주는 거울에 대하여》는 다니엘 아라스가 《회화의 역사》에서 인용한 르네상스 시대의 이탈리아 학자 파올로 토스카넬리가 쓴 신비서의 제목이다. 존경과 감사의 표시로 이 책을 두 분께 바친다.

은유의 미학

이토록 아름답고 슬프고 짧은 사랑이라니! 마르탱 파주의 시적인 투명함을 가진 문장 속에서 우울한 위트와 삶에 대한 관조적 지혜들이 반짝거린다. 역시 마르탱 파주라는 감탄이 절로 나온다.

《숨은 용을 보여 주는 거울》에서, 현실은 주인공 마르탱에게 그다지 우호적이지 않다. 엄마는 죽고, 개도 어느 날 아침 갑자기 죽는다. 마르탱은 세금 신고서 채우는 법과 넥타이 매는 법을 가르쳐주는 아버지와 단둘이 사는데, 의사인 아버지는 자주 잠옷 차림으로 진료를 하는 등 어딘지 모르게 불안정한 현실부적응자다. 게다가 고양이와 닮은 눈을 가진 아름다운 마리와의 연애가 육십 분으로 끝난 것에 마르탱은 깊이 상심한다. 마리가 사랑을 고백했지만 마르탱은 마리에게 키스를 하지 못했고, 마리는 육십 분 만에 다시 사랑 고백을 철회한다. 마르탱은 멍청한 짓을 저질렀음을 깨닫고 괴로워한다. 심지어 엉뚱하게도 자신이 나비였다면 얼마나 좋았을까, 하는 상상도 한다. 육십 분은 나비의 삶에서는 아주 긴 시간이기 때문이다. 마르탱은 한 순간에 잃어버린 첫사랑을 두고 끙끙 앓으며 '마리가 굉장히 호감이 가는 존재로 변신한 나쁜 '용'이 아니었을까' 라고 상상한다.

마르탱의 상상처럼 우리가 사는 현실 속에서도 그런 '용'들이 숨어 있는지 모를 일이다. 《숨은 용을 보여 주는 거울》은 '용'과 '거울'의 은유에 관한 이야기다. 마르탱은 이 제목이 해독이 어려운 고대 이탈리아어 책에서 빌려온 것이라고 말한다. "우리의 삶은 우리의 감정과 존재에 책 제목을 붙이며 시간을 보내는 것과 같다. 삶과 죽음은 우리가 그 깊이와 본질을 완벽히 알기는 어렵다."라는 구절이 말하듯이 삶이나 현실은 늘 깊이와 진정한 본질을 어떤 불가해성 안에 감춘다. '용'이나 '거울'은 현실의 이면에 숨은 깊이를 헤아릴 수 없는 아름다움과 신비에 대한 은유다. 사춘기의 첫사랑과 헤어짐, 개의 죽음과 장례식, 세 친구들과의 우정, 친구들과 공터에서 지내는 시간들은 누구나 겪는 평범한 것이다. 이것들을 아픔으로 겪으며 상처는 아물고 지혜는 자라난다.

마르탱은 삶의 매혹과 신비에 천천히 다가간다. 아름다운 것은 경멸하듯이 빠르게 스쳐가고 우리는 죽지 않기 위하여 아름다움의 경멸을 꿋꿋하게 견뎌야 한다. 진실을 비춰 보여주는 '거울'에 다가가듯이.

장석주 시인, 문학평론가

한국 독자 여러분께

　주인공 이름이 마르탱인 것을 보고 눈치를 챘으리라 생각한다. 그렇다, 마르탱은 바로 나다.

　그렇다고 해서 이 소설이 내 이야기는 아니다. 모두 상상속의 이야기일 뿐이다. 하지만 그 속의 감정은 분명 내 것이다. 나는 어제나 오늘이나 그대로다. 하지만 사람들은 어떻게 하기에 이전과 달라지는 것일까. 그것은 정말 무시무시한일이다.

　중학교 때, 작품 속 마르탱과 마찬가지로 나에게도 괴상한 친구들이 있었다. 내 친구들은 정말로 정신이 이상했다. 나중에 한 친구는 정신병원에 오래 머무르게 되었다. 또 한 친구는 여자 친구와 함께 살던 트레일러에 불이 나서 죽었다. 다른 친구는 현재 완전히 자기 안에 갇혀 아무도 만나지 않고 있다. 우리의 유년은 파리 교외 슬럼가의 슬픈 인생이었다. 그곳은 파리의 바로 옆이지만 참 멀게만 느껴진다.

　실제와 또 다른 점이 있다. 소설과 달리 돌아가신 분은 어머니가 아니라 아버지고, 소설 속 시점보다 훨씬 더 뒤에 돌아가셨다(내가 청소년일 때부터 아버지는 몸이 아프셨다).

나는 그 시절을 다시 떠올려 보고, 그 시간으로부터 나를 치유하기 위해 이 책과 《더러운 나의 불행 너에게 덜어 줄게(원제: Le club des inadaptés)》를 썼다. 이 방법으로 단짝 친구들을 만들어 과거의 나에게로 보내 줄 수 있었다.

나는 또한 이 책을 기회 삼아 오늘날의 청소년들에게 말을 걸고 있기도 하다. 나는 청소년들에게 자신이 이상한 사람으로 느껴지고 인생이 고달픈 건 자기 혼자만이 아니라는 것을 가르쳐 주고 싶었다. 우리는 거기서 벗어날 수 있으며 세상에는 아름다운 것들이 존재한다는 사실을 알려주고 싶었다. 절망해서는 안 된다. 좋은 방법을 궁리하고, 친구를 찾아야 한다. 이 이야기에는 상반되는 두 가지 면이 들어 있다. 삶의 괴로움과 거기서 벗어날 수 있는 몇 가지 방법, 즉 괴로운 것들과 밝게 빛나는 것들 말이다.

보통에서 벗어난 괴상한 아이들은 늘 다른 사람보다 힘겨운 삶을 살게 된다. 하지만 그런 사람들이 풍부한 정신과 뜻밖의 재능을 지니고 있다는 사실을 알려 주고 싶다.

잊지 말길, 삶은 우리의 것이고 우리를 창조하는 것 또한 우리 자신이다.

차 례

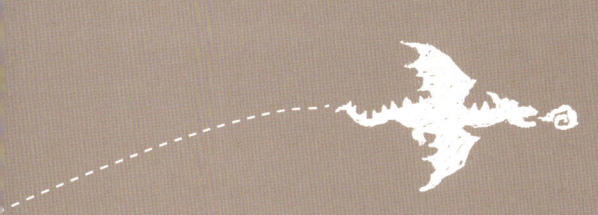

재앙의 계절

"그래."는 모두 시들어 내 주위로 낙엽처럼 떨어졌다.
공기가 고체가 되어 폐 속에
무겁게 가라앉은 듯 숨 쉬기가 거북했다.
바닥에 누워 천 년 동안 그대로 있고 싶었다.

　나는 아빠의 서재에서 (아마도 아빠의 '되는 대로 쌓아 놓은 책 더미에서'라고 해야 할 것이다) 옛날 책을 한 권 발견했다. 이탈리아어로 쓰인 책인데, 먼 옛날의 이탈리아어라서 몇 시간이나 사전을 들여다보았는데도 해석할 수 없었다. 이해할 수 있었던 건 《숨은 용을 보여 주는 거울》이라는 제목뿐이었다(솔직히 내 번역이 정확한지 자신은 없지만).

　나는 이 단어들과 그 조합이 좋다. 제목의 의미가 수수께끼로 남아 있다는 사실은 전혀 마음에 걸리지 않는다. 이 제목을 내 것으로 삼아 여기 하게 될 이야기에 붙일 수 있기 때문이다. 실망할 사람이 한 명이라도 있을지 모르니 미리 말해 두는 게 좋겠다. 이 이야기에 용은 나오지 않는다. 거울은 나올지도 모르지만 특별할 것은 하나도 없다(아마 욕실 거울 정도일 것이다).

마리가 내 삶 속으로 들어왔다. 그 애에 대해 뭐라고 말하면 좋을까? 마리의 머리칼은 다른 여자애들의 머리와는 조금 다르다. 그 애의 몸짓은 조금 느리거나 조금 빠르다. 고양이 눈을 가진 마리에겐 독특한 아름다움이 있다. 사람들 사이를 걷고 있어도 절대 그 속에 섞여 들지 않는다. 상처에서 흘러내리는 한 방울의 피처럼 주위로부터 도드라져 보인다. 마리가 나타나면 온 세상이 한발 뒤로 물러서는 것처럼 보인다. 나무의 초록빛이 가시고 하늘의 푸른빛은 바래며 비도 촉촉함을 잃는다. 마리는 특별한 동시에 자연스럽기 그지없다.

여러분도 분명 알아차렸을 것이다. 그렇다. 나는 사랑에 빠졌다.

우리는 이번 학년부터 같은 반이 되었다. 우리는 대화를 나누고, 숙제의 답을 서로 보여 주고, 심지어 몇몇 수업을 들을 때는 바로 옆자리에 앉기도 했다. 얘가 나한테 관심이 있나 하는 생각이 들었다. 학교 식당에서 줄을 서 있을 때 슬그머니 내 옆으로 다가오는 모습이나, 내 농담에 웃으며 나를 바라보는 태도에서 말이다. 몇 주 동안 우리는 식당에서, 도서관에서, 학교 뜰에서 그리고 복도에서 수천 마디의 말을 주고받았다. (몇 마디인지 세어서 외워 두지 않은 것이 어찌나 후회되는지) 그 순간들 하나하나가 나에게 소중했다. 물론 그것은 단지 서로 문장을 말하는 것에 지나지 않았다. 하지만 내게는 작은 기차들이 우리의 심장 사이를 오고 간 것처럼 여겨졌다.

나는 싹트는 사랑을 어떻게 해야 할지 알 수 없었다. 그러나 다행히도 마리가 나보다 더 적극적이었다.

자연과학 선생님이 원자 폭탄에 대한 보고서를 준비하라는 과제를 내 주셨다. 옆자리에 앉은 사람과 짝을 지어 해야 하는 과제였다. 그 목요일, 운 좋게도 마리가 내 옆자리에 앉았다. 수업이 끝나고 우리는 함께 동네 도서관으로 갔다. 탑처럼 솟아오른 부속 건물 때문에 커다란 도서관 건물에는 저주받은 성 같은 분위기가 감돌고 있었다.

마리는 아무렇지 않아 보였다. 우리는 하얀 테이블에 나란히 앉아 원자 폭탄에 집중했다. 원자 폭탄이 어떻게 발명되었는지, 어떻게 작동하는지, 크기는 얼마나 다른지, 바닷물과 아메바 그리고 물고기와 인류에게 어떤 영향을 미치는지 등 이 주제에 관한 다양한 책을 찾아냈다.

마리는 내 쪽으로 몸을 숙이고 있었다. 보고서에 대해 뭔가 알려 주고 싶어 하는 것 같았다. 마리의 숨결이 내 뺨을 어루만지는 듯했다. 그 순간 마리가 나를 좋아한다고, 나와 사귀고 싶다고 말했다. 나는 감히

하지 못했을, 아니 적어도 당장은 할 수 없었을 말을 말이다. 마리가 첫걸음을 내디뎌 주었다는 사실에 얼마나 마음이 놓였는지 모른다. 전구가 군데군데 깨져 있어서 도서관 조명은 좋지 않았다. 그래서 확신할 수는 없었지만, 마리의 얼굴이 붉어진 것 같았다.

마리가 그 말을 해 주기를 무엇보다 간절히 바랐으면서도 나는 그만 당황하고 말았다. 이런 일이 충격을 줄 수 있다고 경고해 주는 사람이 왜 아무도 없었을까. 교통안전 교육이나 성교육처럼 이런 교육도 해야 할 것이다. 여러 가지 도표와 교육용 영화, 팸플릿을 통해 꼼꼼하게 말이다.

나는 더듬거렸다. 심장 박동이 몹시 빨라지기 시작했다. 온몸이 불덩이처럼 화끈거렸다. 나는 "그래."라고 말했다, 그것도 셀 수 없이. "그래, 그래, 그래, 그래, 그래." 그 순간 도서관은 온통 "그래."로 가득 찼다. 문으로, 창문으로 "그래."가 넘쳐흘렀다. 좀 더 분명히 하기 위해 나도 너를 좋아한다고 말했다.

마리는 내가 키스하기를 기다리는 것 같았다. 하지만 나는 감히 그러지 못했다. (나도 안다, 내가 바보지) 나는 꼼짝 않고 가만히 있었다. 그리고 마리의 손을 잡았다. 우리는 몇 초 동안 서로 바라보고 있었다.

마리가 발표 준비를 끝내야 한다고 말했다. 우리는 한 시간 동안 열심히 보고서를 준비했다. 황홀한 육십 분이었다. 우리는 줄곧 눈짓을 주고받았고, 손도 잡고 있었다.

내가 가방을 싸려고 일어섰을 때, 마리가 나에게 다가오더니 내 존재를 바꾸어 놓을 말을 입 밖에 냈다.

"있잖아, 우리는 아무래도 친한 친구로 지내는 게 더 나은 것 같아."

테이블 위에 펼쳐진 책 속의 원자 폭탄이 하나하나 차례로 터지며 나를 가루로 만들었다. 내가 말했다.

"아."

마리는 가 버렸다. 뒤도 돌아보지 않고.

그렇다. 이것이 내 첫 번째 러브 스토리다. 이게 마

지막이면 좋으려만.

"그래."는 모두 시들어 내 주위로 낙엽처럼 떨어졌다. 공기가 고체가 되어 폐 속에 무겁게 가라앉은 듯 숨 쉬기가 거북했다. 바닥에 누워 천 년 동안 그대로 있고 싶었다.

해가 지고 있었다. 사서가 다가와 이제 도서관 문을 닫을 시간이라고 말했다. 나는 집에 돌아가고 싶지 않았다. 우리 아빠는 세상에서 가장 위로를 잘하는 사람이 아닐 뿐 아니라 오늘 아침 우리 개가 죽었기 때문이다. 이 가을은 재앙의 계절이었다.

아빠와 나는 오래된 집에 살고 있다. 어찌나 습한지 이삼일마다 벽에 푸른 이끼가 낀다. 그럴 때면 스펀지와 칼로 긁어서 없애야 한다. 그래도 이끼에서 완전히 벗어나지는 못한다. 이끼는 끊임없이 생겨난다. 어떨 때는 천장에까지 들러붙어, 우리는 이끼를 처치하려고 나무 의자를 밟고 올라서야 한다. 집이 습한 것은 지붕의 기왓장이 떨어져 나갔기 때문이다. 정말 많이 떨어져 나갔다. 하루는 아빠가 이 문제를 아빠 방식대로 해결해 보기로 했다. 비닐 쓰레기봉투를 가져다가

기와가 떨어진 자리에 스카치테이프로 붙인 것이다. 그건 정말 보기 흉한 데다 비가 새어드는 것을 막지도 못했다. 우리는 집에 곰팡이가 피지 않게 하기 위해서 자주 창문을 열어 놓는다. 심지어 겨울에도. 그리 쾌적하진 않다고 여러분에게 장담할 수 있다. 우리는 터무니없는 액수가 적힌 난방 요금 고지서를 받는다. 우리 집에서 온 동네를 난방하고 있는 것 같다. 몇십 세제곱미터나 되는 열기가 집에서 빠져나가고 있는 것이다. 이건 환경 보호에도 전혀 도움이 되지 않는다. 그래도 단 한 가지 이로운 점이 있다면 겨울에 뜰에 나와 있어도 춥지 않다는 것 정도? (집이 추운 탓도 있지만 아빠가 뜰에 있는 양철 드럼통에 불을 피워서 그렇기도 하다) 어쨌거나 우리 집은 단열이 너무 안 돼서 열기가 집 안에 머무르지 않는다.

오늘 아침, 아빠와 나는 우리 개가 정원에 있는 자기 집에서 몸을 쭉 뻗은 채 있는 것을 발견했다. 털이 이슬에 젖지 않은 걸 보니 개는 잠에서 깨다가 죽은 모양이었다. 밖으로 나오려던 바로 그 순간에 말이다.

처음에 아빠는 개가 너무 피곤해서 그러는 줄 알았다. 어제 동네 개들의 축제 같은 것에 갔다 와서 (그 모임은 길 끝에 있는 주유소 뒤쪽, 버려진 집에서 열렸다) 회복하려면 시간이 좀 걸리려니 싶었다. 내가 고집을 부려서 아빠가 청진기를 가져와 개의 심장 소리를 들어 보았다(아빠는 의사다). 아빠는 고개를 끄덕이고 청진기의 귀꽂이를 후후 불더니, 청진기를 다시 개의 가슴에 대고 소리를 들어 보았다. 아빠는 이렇게 결론을 내렸다.

"죽었구나. 하지만 좀 더 확실히 하기 위해서 저녁까지 기다려 보자."

매주 수요일 오후, 나는 심리 치료 상담사를 만나러 간다. 그래야 한다고 고집을 부린 사람은 아빠다. 내가 정상적인 상태를 유지하길 바라서라고 아빠는 말했지만, 엄마가 돌아가신 뒤로 정신이 좀 나간 건 내가 아니라 아빠다. 아빠도 그 사실을 깨달았고, 그래서 나는 매주 '분별 있는 사람'과 이야기를 하러 간다.

아빠는 나와 잘해 보려고 애쓰고 있다. 내가 좋은 교육을 받길 바란다. 그래서 정기적으로 나에게 이것저것을 가르친다. 지난주에는 아빠가 갑자기 거실에 나타났다. 나는 아즈텍 문명에 관한 책을 읽는 중이었다. 아빠가 내 맞은편에 앉아 말했다.

"아들아, 사람은 세금을 내야 한단다."

내가 열네 살이고, 따라서 그런 일을 걱정하기까지는 시간이 한참 남았다는 사실을 아빠에게 상기시켜 봤지만 아무 소용없었다(경제 위기를 생각한다면, 직업을 구하지 못해서 서른 살이 될 때까지 세금을 낼 의무조차 얻지 못할 위험도 다분하다). 나는 이 일이 내게 뭔가 도움이 된다는 사실을 금세 싹 잊을 것이다. 하지만 책을 덮고 아빠를 따라갔다. 우리는 부엌 테이블에 자리를 잡았다. 냄비 안에는 어제 먹던 라타투이가 데워지고 있었다.

아빠는 삼십 분도 넘게 나에게 세금 신고서 채우는

법을 가르쳐 주셨다. 지루하고 복잡했다. 나는 내가 한 해 동안 받은 돈(용돈과 할머니 할아버지께 받은 돈)을 전부 기록했다. 그리고 사인을 했다. 아빠는 안경을 코에 걸고 신고서를 찬찬히 뜯어보더니 웃으며 말씀하셨다.

"좋은 소식이다, 아들아. 세금 못 낼 일은 없을 것 같구나."

놀랄 만한 일은 아니었다. 나는 안심했다는 듯 일부러 크게 한숨을 쉬었다. 아빠는 내가 아빠를 놀리고 있다는 걸 눈치채고 나에게 씩! 웃어 보였다. 우리는 함께 웃었다. 기분이 끝내줬다.

이제 내가 보통 때 집에서 어떻게 하루를 보내는지 짐작이 갈 것이다. 보다시피 사랑의 슬픔을 표현하기에 좋은 분위기는 아니다.

정원으로 난 문을 밀고 나가자 아빠가 개의 곁에 앉아 있는 모습이 보였다. 아빠는 손에 커피잔을 들고 있었지만 안에 정말 커피가 들어 있는지는 의심스러

왔다. 배가 고팠다. 나는 책가방을 내려놓았다.

"여전히 죽어 있구나."

아빠가 나를 돌아보며 말했다. 그럼 그렇지, 아빠의 숨결에선 커피와는 전혀 다른 냄새가 풍겼다. 나는 어떻게 해야 하느냐고 물었다.

"죽지 않은 것처럼 하는 수밖에 없지."

그래요, 그게 해결책이죠. 머릿속에 이런 생각이 스쳐 지나갔다. 그렇게 하면 다 잘될 것이다. 오 년 전 엄마가 돌아가신 뒤로, 죽음은 우리에게 특별한 울림을 준다. 죽음은 우리의 일상 속에서 꽤 날카롭게 존재한다.

"썩어서 분해될 텐데요."

그때 나는 아빠가 이런 제안을 해 주길 바라고 있었다. "식품 보존제를 주사하자."거나 "박제를 만들자." 같은 제안 말이다.

"우리 장례식 축제를 하자."

"장례식 축제요? 그게 뭔데요?"

"네 친구들을 불러서 무덤 파는 걸 도와 달라고 한 다음 같이 바비큐 파티를 하는 거지."

아빠는 제정신이 아닌 아이디어를 떠올리는 재주가 있다. 평범하기 짝이 없는 조상들의 관습에서 이런 걸 생각해 내다니. 나는 친구들에게 이야기하겠다고 말했다.

친구들이라고 해봐야 한 손에 꼽을 정도다. 프레드 (록 기타리스트가 되고 싶어 하고 머리가 초록색이다), 에르완(우주에서 가장 예민한 녀석으로 툭하면 눈물을 흘린다), 바카리(세상을 혐오한다. 민주주의에는 찬성하는지 모르겠다)가 그 친구들이다. 내 친구들은 학교에서 가장 이상한 세 명이다. 만약 외계인이 지구에 내려와 우연히 우리 넷을 처음 만나게 된다면, 외계인은 곧장 은하 반대편으로 다시 떠날 것이다.

아빠와 나는 내일, 그러니까 금요일 저녁에 '장례식 축제'를 하기로 했다. 그다음 날은 학교 수업이 없다. 아빠가 집 안으로 들어가더니 음식을 싸는 데 쓰는 비닐봉지를 가지고 나왔다. 우리는 개에게 입을 맞추었고, 그런 다음 아빠는 사체가 벌레나 비바람에 상하지 않도록 비닐로 덮었다.

우리는 집으로 이어지는 계단에 앉아 한참 동안 우리 개를 바라보았다. 아빠의 커다란 몸이 가을바람으로부터 나를 지켜 주었다.

밤이 되어 검은 하늘이 가로등 불빛에 물들었다. 개의 몸을 덮은 비닐이 군데군데 빛났다. 개는 평온히 쉬고 있는 것처럼 보였다. 우리는 칠 년 전에 개를 입양했다.

우리 개는 활기차고 충직했으며 행복한 삶을 누렸다. 오늘 아침 개가 죽은 것을 발견했을 때 나는 울지 않았다. 하지만 지금, 내 눈에서 눈물이 솟아오르기 시작했다. 개 때문만이 아니라 사라져 버린 마리의 사랑 때문에, 엄마 때문에, 뜻대로 되지 않는 세상 때문에, 썩어 가는 이 집 때문에, 살짝 제정신이 아닌 아빠와 쉽지 않을 게 분명한 미래 때문에.

나는 차마 아빠를 바라보지 못했다. 슬퍼하는 아빠를 보고 싶진 않으니까. 나는 아빠가 나를 안심시켜 줄 거라고 상상할 필요가 있었다.

부적응자 클럽과 키스

"너 적어도 마리랑 키스는 한 거지?"
내가 아니라고 하는 소리를 아무도 듣지 못했다.
나는 다시 아니라고 대답했다. 녀석들은 실망했다.
한숨을 쉬고 소리를 지르며 실망을 표현했다.
바카리가 종이를 뭉쳐 내 얼굴에 집어던졌다.

서로를 감싸 주면 학교생활에서 살아남을 수 있다.
나와 프레드, 에르완, 바카리는 부적응자 클럽을 만들
었다. 우리 클럽이 조롱의 표적이 되는 건 사실이지만,
우리는 서로를 믿고 있다. 우리는 우리의 삶이 결코
쉽지 않을 거라는 사실을 알고 있다. 어른이 되어도
말이다. 직업을 찾을 수 있을지도 분명치 않고 일상생
활은 더 간단하지 않을 것이다. 언젠가 우리도 여자애
와 사귀게 되겠지만 아마 한참은 기다려야 할 것이다.
세상이 우리에게 그다지 좋은 자리를 정해 줄 거라고

는 생각하지 않는다. 하지만 우리는 이런 것에 대해 더 이상 신경쓰지 않기로 했다.

우리의 우정과 더불어, 모든 것을 견딜 만하게 만들어 주는 것이 하나 더 있다. 바로 우리의 열정이다. 프레드는 음악을 좋아한다. 모르는 밴드가 없고 전자 기타로 연주하지 못하는 곡이 없다. 에르완으로 말하자면 대단히 창의적이어서 무엇이든 뚝딱 만든다. 바카리는 수학 문제를 풀며 시간을 보낸다(수학에 꽝인 나로서는 도저히 이해할 수 없는 일이다). 그리고 나는, 굳이 나를 정의해야 한다면, 나는 상상력이 풍부하다. 그렇지만 그건 정말 아무짝에도 쓸모가 없다.

우리는 모두 반이 달라서 쉬는 시간에 모인다. 드디어 나는 친구들에게 마리에 대해 이야기할 수 있었다. 다들 나와 마리가 지난 몇 주 동안 가깝게 지내는 모습을 쭉 봐 온 터였다. 녀석들은 나를 놀려 대면서도 전적으로 응원해 주었다.

모든 그룹은 자기 영역을 가지고 있다. 우리도 운동

장에 우리만의 특별 구역을 정해 두었다. 우리는 싸움에 별로 흥미가 없어서 가장 좋은 자리를 차지하진 못했다. 예를 들어 울타리에 가려진 구석진 곳(담배도 피우고 키스도 할 수 있는 그런 좋은 장소) 말이다. 우리 구역은 교장실 바로 맞은편이다. 조용히 지내고 싶은 사람에겐 이상적인 자리라고 할 수 있겠지만, 다른 어떤 그룹도 최고 권력자의 시야 안에 들어가고 싶어 하지는 않는다. 우리는 이러나저러나 마찬가지다. 어쨌든 교장이 입 모양을 읽을 줄은 모르니까(언젠가 교장이 엄지손가락으로 턱을 문지르며 창 너머로 우리를 바라보고 있었을 때, 혹시 알지도 모른다는 의심이 든 적이 있다. 그때부터 우리는 창문에서 등을 돌리고 말한다. 만약 교장실 쪽을 보게 될 땐 손으로 입을 가린다).

프레드, 에르완, 바카리는 저마다 다른 패션을 추구한다. 프레드는 청바지에 오래된 가죽점퍼를 입는다(프레드의 초록색 머리와 잘 어울린다). 에르완은 정장을 자주 입고 (만 열세 살 짜리가 그런다고 생각하면 우습

긴 하다) 바카리는 나와 마찬가지로 유행을 신경 쓰지 않고 옷을 입는 패션테러리스트다.

나는 멤버들이 모일 때까지 기다렸다. 그리고 마리가 나에게 사귀자고 했으며 (다들 "우와!" 하고 소리지르며 내 등을 두드렸다) 그로부터 육십 분 뒤에 나를 떠났다는 사실을 알렸다. (다들 "뭐?"라고 말했다. 에르완은 금세 눈시울이 촉촉해졌다) 아이들은 이 상황을 이해하지 못했고 나도 녀석들보다 더 이해하고 있는 것은 없었다.

프레드가 말했다.

"여자애들이 그렇다니까. 음악도 다 그런 내용이잖아. 여자들은 이해 불가능이라고."

에르완은 오해가 있었을 거라고 말했고, 바카리는 마리가 잔인하다고 말했다. 프레드는 수첩을 펴더니 뭔가 적기 시작했다. 새 노래에 대한 아이디어가 떠오른 모양이었다.

바로 그때 아무도 예상하지 못한 일이 일어났다. 마

리가 우리한테 다가온 것이다. 몸이 뻣뻣하게 굳었다. 친구들은 몇 걸음 뒤로 물러섰다.

마리가 아무 일도 없었다는 듯 나에게 말을 걸었다. 조금도 거리낌 없이, 얼굴도 붉히지 않았고, 더듬대지도 않았다. 마리는 내게 다음 날 열리는 파티에 같이 가자고 제안했다. 나는 우물우물 말을 뱉었다.

"난 일이 있어. 우리 개가 죽어서 바비큐 파티를 하기로 했거든."

마리의 눈이 휘둥그레졌다. 나는 설명을 했다.

나는 마리가 마음을 바꿔서 나를 떠나지 않으면 좋겠다고 간절하게 생각했다. 마리가 나에게 어제 일 때문에 자기를 싫어하게 되었느냐고 물었을 때 나는 아니라고 대답했다. 예의를 지켜야 한다고 배웠기 때문이다. 그리고 나는 여전히 마리를 사랑하고 있었고 마리의 기분을 상하게 하고 싶지 않았다. 나는 슬픔을 전혀 내보이지 않았다. 가능한 한 쿨해 보이려고 최선을 다했다. 마리는 나를 보고 웃으며, 그냥 친구가 되는 건 멋진 일이라고 말했다. 프레드, 에르완, 바카리는 조금 떨어져 서 있었지만, 무슨 일이 일어나는지 하나도 놓치지 않고 있었다. 마리는 나에게 인사를 하고 자기 친구들에게 돌아갔다.

쉬는 시간의 끝을 알리는 종소리가 울렸다. 수학 수업에 들어가는 게 이렇게 기뻤던 적은 한 번도 없었다. 숫자는 논리적이고 독창적이며 우리를 배신하지 않는다. 숫자는 믿을 수 있다.

　마리는 나에게 품었던 사랑을 완전히 잊어버린 것
처럼 보였다. 식당에서 나에게 이런저런 이야기를 아
무렇지 않게 했고, 수업 시간에는 내 옆에 앉았다. 마
리는 마치 나도 마리에 대한 사랑을 단념한 것처럼 행
동하고 있었다.

　수업 사이사이에 나는 우리 멤버들과 잠깐씩 만났
다. 녀석들은 "나는 네 친구가 되고 싶지 않다."라고
마리에게 확실하게 말하라며 나를 다그쳤다. 내 감정
과 (육십 분 동안) 환상적이었던 우리의 관계를 잊는

데 성공할 수 있겠다는 생각이 순간순간 들었다. 그렇게 되면 나는 마리를 잃지 않을 것이다. 하지만 마리가 다른 남자애와 이야기하는 모습이 눈에 띄자마자, 무시무시한 질투가 솟아올랐다. 이 상처는 나을 수 없다. 나는 단지 침묵 속에서 묵묵히 견디며 시간을 보내지는 못할 것 같다. 나는 마리에게서 멀어져야만 했다.

이탈리아어 시간에 나는 보란 듯이 다른 학생 옆에 앉았다. 그날 하루 내내 나는 마리를 피해 다녔다. 학교를 나서려는데 마리가 나를 보러 왔다. 바카리, 에르완, 프레드는 멀리서 나를 관찰하고 있었다. 줄곧 이쪽을 쳐다보고 눈썹을 찡긋거리며 나를 응원하는 중이었다.

마리가 나에게 뭐가 잘못되었느냐고 물었다. 나는 마리에게 널 좋아하기 때문에 너와 친구가 되고 싶지 않다고 말했다(정확히 말하자면, 나는 우정보다 더 강한 감정을 가지고 있다고 말했다).

바로 그때, 마리는 세상에서 가장 나쁜 일을 저질렀다. 마리는 나를 이해한다고 말했다. 내 기운을 북돋아 주기 위해서라면 무엇이든 할 테니 자기를 믿어도 좋다고 했다. 마리가 이렇게나 이해심이 풍부한 것이 원망스러웠다.

　나는 마리에게 왜 내게 이별을 고했느냐고 물었다. 드디어 이유를 알게 될 것이라고 기대했다. 들으면 기운이 쑥 빠질 만한 그런 이유일 것이라 생각하고 있었다. 내 성격이나 패션, 외모에 대한 논리 정연한 비판을 기다린 것이다.

　하지만 마리는 사랑은 말로 설명할 수 없는 거라고 대답했다. 원래가 그런 거라고. 우정과 사랑의 차이는 미묘한 거라서 자기가 착각했다고. 마리는 가슴 아파했다. 마리가 감정에 북받쳤다는 것을 금방 알 수 있었다.

　이런 말을 듣고 마리가 싫어졌더라면 좋았을 텐데. 마리를 나쁘게 생각할 이유를 찾을 수 있었다면 좋았을 텐데. 그러면 마리를 더는 좋아하지 않는 데 도움이 되었을 텐데. 하지만 그 아이, 마리는 영리하고 섬세한 바로 그 마리였다.

내가 마음의 상처가 나을 때까지 (언젠가는 낫겠지) 거리를 두었으면 좋겠다고 마리에게 말하려 할 때, 마리가 선수를 쳤다. 마리는 내 괴로움을 덜기 위해 서로 떨어져 있는 편이 낫겠다고 말했다.

나는 두 번 차인 것 같은 기분이었다.

황폐해진 마음으로 발을 질질 끌며 친구들과 다시 만났다. 프레드, 에르완, 바카리는 차마 나에게 상황을 묻지조차 못했다. 최악의 상황으로 일이 흘러갔다는 걸 너무도 분명히 알 수 있었기 때문이다.

우리 개의 장례식 축제가 시작되려면 족히 세 시간은 남았다. 우리는 우리 본부 비슷한 곳(원래는 공사장이다)에 가기로 결정했다. 하지만 그전에 에르완네 집에 들러야 했다. 에르완네 부모님께서 수업이 끝나면 꼭 집에 와서 얼굴을 보이라고 하셨기 때문이다. 에르완은 우리에게 이렇게 설명했다.

"우리 부모님이 엄하신 건 아냐. 내가 학교에서 하루를 어떻게 보냈는지 강연해 드리는 걸 좋아하실 뿐이지."

에르완네 부모님은 우리가 간식을 먹어야 한다고 고집하셨다. 오븐에서 알람 소리가 울리자 에르완네 어머니가 금빛으로 먹음직스럽게 구워진 브리오슈*프랑스 빵, 빵과 과자의 중간 형태를 꺼내 오셨다. 우리는 부엌에 있는 작고 빨간 테이블에 둘러앉았다. 부모님도 우리와 함께 앉으셨다. 부드럽고 향기로운 브리오슈가 나를 위로해 주었다.

에르완이 오늘 하루와 수업 시간에 배운 내용에 대해 이야기하기 시작했다. 나, 프레드, 바카리도 이야기에 푹 빠져들어 몇몇 사건을 보충하면서 재미를 (또는 심각함을) 더했다. 부모님은 신이 나신 것 같았고 우리도 덩달아 흥이 났다. 시시하고 슬펐던 오늘 하루가 이야기를 하면 할수록 실제로 느낀 것보다 더 멋지고 재미있는 날이 되었다.

우리의 부모님들은 학부모 모임에서 몇 번 만난 적이 있기 때문에 다들 서로 아는 사이다. 하지만 이상하게도 부모님끼리는 친해지지 않는다. 물론 부모님들이 서로 성격이 달라서일 수도 있지만 바카리, 프레드, 에르완과 나도 서로 다르기는 마찬가지다. 어른들이 '새로운 우정 쌓기'를 어려워하는 것은 참 이상하다. 내가 그 이유에 대해 세워 본 가설이 하나 있는데, 우정이 싹터서 이어지기 위해서는 특별하고 위험한 상황이 필요하기 때문이다. 이 조건은 오직 어린 시절에 충족된다. 어른이 되고 나면 더는 큰 위기에 처할 일이 없으니까. 어른이 되면 편하다는 이야기가 아니다. 미래에 대한 두려움이나 내가 어떤 사람이고 어떤 사람이 될 것인지에 대한 두려움이 한결 가벼워진다는 말이다. 내가 책이나 영화를 통해 알고 있는 바에 따르면, 어른들이 서로 친구가 될 수 있는 유일한 때는 바로 전쟁 중이다. 그러고 보면 어린 시절과 사춘기는 나름의 전쟁 중이라고 할 수 있겠다. 브리오슈를 만든 사람은 에르완네 아버지였다. 이렇게 맛있는 브리오슈는 먹어 본 적이 없었다. 나는 우리 아빠와 아빠의 외로움에 대해 떠올렸다. 그러고 보니 아빠와 에르완네 부모님이 서로 잘 통할 거라는 생각이 들었다. 하지만 세 분을 만나게 하기 전에, 먼저 아빠가 집을 나와서 다른 사람들 앞에 서게 하려면 제대로 전쟁을 치러야 할 것이다.

간식을 다 먹은 다음, 에르완은 방으로 올라가 검은색 정장으로 갈아입었다. 오늘 저녁에는 상복을 입고 싶다고 했다. 에르완이 내려왔을 때, 우리는 에르완에게 정말 근사하다고 하며 칭찬을 아끼지 않았다.

우리는 공사장으로 향했다.

이곳이 무엇이 될지는 모르겠다. 철책과 판자로 가려져 있는 꽤 넓은 공터다. 우리는 덤불에 숨겨진 입구를 발견했기에 안으로 슬쩍 들어갈 수 있었다.

내가 아는 한 여기는 늘 '공사 중'이었는데, 사실 그렇기도 하고 아니기도 하다. 이곳은 분명 버려진 공터는 아니다.

가끔, 그러니까 해마다 육 개월에 한 번씩 레미콘이 나타났다가 아무것도 하지 않은 채 육 개월 뒤에 사라진다.

시멘트 포대도 함께 나타났다 사라진다. 어느새 나는 이곳이 마피아가 희생자의 시체를 내버리는 데 쓰는 공터가 아닐까 의심하기에 이르렀다. 그러나 흙이 파헤쳐진 흔적이 없고 풀이 자라고 있는 걸 보면 그렇지는 않은 것 같다. 심지어 때때로 누군가가 기계로 잔디를 깎아 놓는다. 이곳의 모든 것이 수수께끼에 휩싸여 있다.

나는 이 공터의 미래를 상상하는 놀이를 생각해 냈다. 우리는 차례대로 이야기를 하나씩 만들어 냈다. 우리의 상상에 따른다면 이곳은 벌써 온갖 장소로 바뀌었다.

옥수수 밭, 묘지, 유물 발굴 지구, 코끼리 보호 구역, 비밀 감옥, 수영장, 1930년대 브로드웨이식의 영화관…….

우리는 소파 하나를 주워 공사장 안쪽 깊숙한 곳에 가져다 놓았다. 에르완이 골풀로 차양을 만들어 소파 위에 씌워서 비를 맞지 않게 만들었다.

우리는 모두 소파에 앉았다. 피곤한 일주일이었다. 피곤한 일은 많기도 했다. 다른 애들이, 선생님들이, 현재가, 과거가, 미래가 피곤했다. 마리도 피곤했다. 그렇지 않아도 어렵고 이해할 수 없는 이 세상이 마리 때문에 더욱 혼란스러워졌다.

우리가 이 장소를 발견하고 우리의 아지트로 선택한 것은 우연이 아닌 것 같다. 우리 역시 공사 중이니까. 변하지 않는 이 공사장에는 아무것도 지어지지 않았고, 결코 뭔가 지어질 것 같지도 않았다.

머리가 멍했다. 힘이 하나도 없고 아무것도 하고 싶지 않았다.

이런 경우엔 어떻게 해서든 농담을 해야 한다. 그게 삶의 법칙이다. 그러지 않으면 휩쓸려가 빠져 죽게 된다. 그래서 내 개그는 웃음을 끌어내는 게 목표가 아니다. 사실 내 개그는 성공하는 경우가 드물다. 그래도 해 봐야 한다.

내가 말했다.

"내가 나비라면 마리와 사귄 시간이 진짜 멋졌을 텐데."

나는 펄럭펄럭 날갯짓을 했다. 아무도 웃지 않았다. 역시나 내 개그는 실패였다.

내가 노렸던 포인트를 바카리가 이해하고 다른 애들에게 설명해 주었다.

"나비의 수명은 종에 따라 다르지만 대개 몇 시간에서 며칠 정도야. 그러니까 만약 마르탱이 나비였다면 마리와 사귄 시간은 정상 범위에 들어갈 거라는 얘기지."

"하지만 내가 나비일 리는 없잖아."

내가 날갯짓을 서서히 늦추며 말했다. 아이들은 어색하게 침묵을 지켰다. 프레드는 내가 가장 두려워하고 있던 질문을 던졌다.

"너 적어도 마리랑 키스는 한 거지?"

내가 아니라고 하는 소리를 아무도 듣지 못했다. 나는 다시 아니라고 대답했다.

녀석들은 실망했다. 한숨을 쉬고 소리를 지르며 실망을 표현했다. 바카리가 종이를 뭉쳐 내 얼굴에 집어던졌다. 종이 뭉치가 날아와 이마에 툭 맞았다.

상황이 나에게 더 안 좋은 쪽으로 흘러가고 있었다. 마리를 미워해야 할 녀석들이 도리어 내 탓을 하고 있으니.

프레드가 말했다.

"그러니까 마리가 널 찬 거야. 네가 키스를 했으면 너랑 정말 사귀는 거라고 생각했을 텐데. 키스는 상징적이거든. 결혼반지 같은 거지."

나는 마리에게 키스하려고 했지만 조금 늦었다고 설명했다.

"네가 굴러들어 온 복을 차 버린 거네."

프레드 말이 맞았다. 난 사랑이 고체 상태인 줄, 말하자면 거대한 대리석 덩어리 같은 것인 줄 알았다. 이제 난 사랑이 기체라는 걸 깨달았다. 그 기체가 응고되기 위해서는 키스라는 신속한 첨가물이 필요하다.

하지만 아마 마리는 내가 키스를 했더라도 떠났을 것이다.

확인할 방법은 없지만.

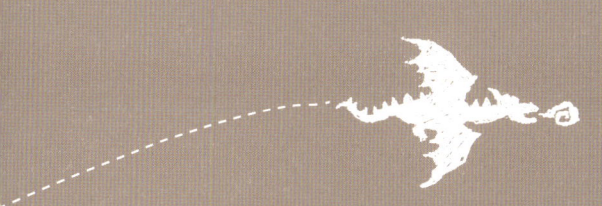

장례식 축제

대문 앞 한복판에 자리한 죽음은
나 자신도 언젠가 죽으리라는 사실을 일깨우면서
엄마를 가까이 느끼게 해 주었다. 한없이 덧없는
인간의 삶과 믿을 수 없을 만큼 강한 생명력을 동시에
그것도 이토록 생생하게 느낀 것은 처음이었다.

아빠는 친한 사람이 아무도 없다. 아빠가 유일하게 자주 만나는 사람은 환자들이 전부다. 끝까지 아빠에게 남은 몇몇 환자들 말이다. 아빠의 기이한 행동(아빠는 자주 잠옷을 입은 채로 진료한다)이나 우리 집 일층에 자리한 진료실의 불량한 상태에 겁을 먹지 않은 사람들 말이다. 금요일, 즉 오늘 오후에 제약회사 영업사원이 병원에 들렀다. 이 사람은 제약 연구소에서 돈을 받고 새로운 약을 소개하러 다니는 사람이다. 아빠는 제약 연구소를 믿지 않지만 친절한 마음에 가끔 영업 사원들을 맞아들인다. 그 사람들은 약에 대한 호의를 얻기 위해 항상 무슨 일이든 할 준비가 되어 있다. 그래서 아빠가 장례식 겸 바비큐 파티에 오지 않겠느냐고 권했을 때, 그 영업 사원 아저씨는 망설임 없이 그러기로 했다. 에르완은 자기 부모님을 초대했다. 바카리는 부모님께 말하지 않는 쪽을 선택했다. 아마 부모님이 우리 아빠를 만나고 나면 자기를 나와 친하게 지내지 못하게 할까 봐 걱정되었기 때문인 것 같았다.

밤이 되었다. 정원은 거실 불빛 덕에 환했다. 창문이야 항상 활짝 열려 있으니까. 바비큐 장비와 함께 숯이 들어 있는 포대도 내왔다. 우리 여덟 명은 비닐에 싸인 우리 개를 마주했다. 아빠가 삽을 세 자루 꺼내 한 자루는 에르완 아버지께, 또 한 자루는 제약 회사 영업 사원의 손에 건넸다. 셋은 무덤을 파기 시작했다. 나는 무덤을 정원 안쪽에 만들 줄 알았지만, 아빠는 정원의 샛길 한복판에 만들겠다고 했다. 세 사람은 이십 분쯤 걸려 적당히 깊은 구멍을 팠다. 영업 사원 아저씨는 넥타이를 매고 있었다. 넥타이에는 물론이고 셔츠에도 흙이 묻었다.

아빠가 비닐봉지를 걷어 냈다. 그런 다음 개를 품에 안고 구멍 아래로 내려가서 조심히 내려놓고 다시 올라왔다. 우리 여덟 명은 각자 한 줌씩 무덤 안으로 흙을 뿌렸다. 끝으로 아빠와 에르완네 아버지, 영업 사원 아저씨가 다시 삽을 들고 무덤을 메웠다.

이런 전통을 발명해 낸 것이 획기적이란 생각은 들지 않지만, 어쨌든 바비큐 파티는 유쾌했다.

우리는 처음 구운 돼지갈비와 소시지를 가져다가 주유소 뒤쪽에서 어슬렁거리는 버려진 개들에게 주었다. 그 개들은 우리 개의 친구였으니까.

그러고 나서 우리도 저녁을 먹었다. 에르완네 부모님은 아빠와 이야기를 나누었다. 아빠의 활기찬 표정을 보니 대화를 즐기고 있다는 걸 알 수 있었다. 우리의 손가락은 금세 기름투성이가 되었다. 프레드가 전 세대에 걸쳐 가장 훌륭한 록 밴드 또는 가수는 누구

인가 하는 질문을 던져 토론에 불을 붙였다(영업 사원 아저씨가 데페슈 모드*1980년대에 주로 활동한 영국 밴드를 열렬히 좋아한다는 사실을 털어놓았다가 모두의 놀림을 샀다).

영업 사원 아저씨는 자기가 담당한 연구소에서 개발한 새로운 약에 대해 이야기하는 걸 잊지 않았다. 우리는 예의상 흥미 있는 척했고 심지어 질문도 했다(물론 금세 우스꽝스러운 질문을 던지기 시작했지만).

우리는 개의 명복을 빌며 개와 함께한 여러 가지 추억을 이야기했다. 대화가 자연스레 이어지는 동안 나는 이 의식의 의미가 무엇인지 궁금해졌다.

아빠는 왜 장례식 축제를 하자고 했을까?

나는 아빠를 안다. 아빠가 벌이는 이상한 일 뒤에는 항상 어떤 의미가 숨겨져 있다. 나는 아빠가 우리 개를 대문 앞에 묻음으로써 죽음을 길들여 보려 했다고 생각한다. 불행히도 죽음은 절대 애완동물처럼 온순해지지는 않을 것이다. 그래도 나는 아빠가 이런 아이디어를 내고 실천에 옮겼다는 데 감사한다. 이 무덤은 우리의 일상에 죽음을 물리적으로 새겨 놓았다. 이제 죽음이 우리 마음속에만 존재하지는 않는다는 사실에 마음이 놓였다. 더불어 대문 앞 한복판에 자리한 죽음은 나 자신도 언젠가 죽으리라는 사실을 일깨우면서 엄마를 가까이 느끼게 해 주었다. 한없이 덧없는 인간의 삶과 믿을 수 없을 만큼 강한 생명력을 동시에, 그것도 이토록 생생하게 느낀 것은 처음이었다.

자정이 되기 조금 전에 모두 돌아갔다. 잠자리에 누웠을 때, 저녁 내내 단 한 번도 마리에 대해 생각하지 않았다는 사실을 깨달았다. 기쁘기는커녕 눈물이 나왔다. 빌어먹을 사랑의 아픔은 아직 제자리에 있었던 것이다.

토요일 아침, 나는 식사를 한 뒤 부엌의 긴 의자에 앉아 있었다. 내 곁에 아빠가 와서 앉았다. 아빠는 내 어깨에 손을 얹더니 무미건조하고 심각한 목소리로 말했다.

"나는 이제 아무도 잃고 싶지 않구나. 그러니 이제 다른 개는 키우지 않을 거다. 식물도 마찬가지고."

(얼마 뒤 아빠는 우리가 화분에 키우던 식물을 모두 모아 어딘지 모를 곳에 옮겨심기까지 했다. 자연으로 되돌아가게 해 준다면서)

"알았어요, 아빠."

아빠는 나를 외면한 채 말했다.

"나 때문에 너는 나를 잃게 되겠지. 네가 나를 미워할까 봐 두렵구나."

오랜 침묵이 이어졌다. 나는 아빠가 한 말을 깊이 되새겨 보았다. 아빠가 말을 이었다.

"언젠가 넌 내 죽음에 슬퍼하게 될 거야. 나와 네 엄마가 너를 낳았기 때문에 말이지. 네 엄마는 세상을 떠났어. 그리고 나 역시 언젠가 죽겠지. 너에게 이런 슬픔을 준 걸 용서해 주렴. 미안하다."

나는 아빠를 원망하지 않으며, 지금 또는 앞으로 불행한 일이 생긴다고 해도 살아 있는 것에 만족한다고 말했다. 존재하지 않는 것보다는 존재하며 절망하는 편이 낫다(늘 그렇다고 확신하지는 못하지만). 바로 이럴 때, 우리에겐 우리 개가 필요했다. 우리에게 다가와 몸을 부비고 밥을 달라며 짖어 댔을 텐데. 꼬리를 흔들며 혀로 내 손을 핥았을 텐데.

두 분이 나를 낳았기 때문에 내가 겪게 된 이 죽음에 대해 아빠와 나의 생각이 같다는 확신이 들었다. 내가 태어나지 않았더라면 이런 일을 겪지 않아도 되었을 거라고. 하지만 아빠는 그렇게 말할 수 없었을 것이다. 그러지 않아도 되는데. 나는 알고 있었다.

나는 마리와 있었던 일에 대해 아빠와 대화를 나누고 싶었지만 그럴 수 없었다. 아빠에게 걱정을 끼치고 싶지 않았다(사실 비현실적인 대답을 듣고 싶지 않았는지도 모른다). 그리고 나는 집에서 언제나 유쾌하고 불평하지 않는 역할을 맡은 사람이었다. 나까지 괴로움을 표현하기 시작한다면 집안 분위기는 숨쉬기 어려울 만큼 가라앉을 것이다. 일이 뜻대로 되지 않는다고 해도 내게는 불행하다고 말할 권리가 없는 것처럼 느껴졌다.

처음에 나는 심리 치료 상담사를 만나는 것에 찬성하지 않았다. 하지만 곧 그편이 나에게 좋다고 깨닫게 되었다. 나는 심리 치료 상담사 선생님과 함께 엄마에 대해, 아빠에 대해, 모든 것에 대해 대화한다. 다른 누군가에게 내 삶에 대해 이야기하다 보면 사건을 다른 관점에서 보게 된다. 하지만 그 일이 언제나 쉬운 것은 아니다. 이야기를 하다 보면 가끔은 정말이지 지독히 불행한 집에 사는 듯한 느낌을 받기도 한다.

환자가 왔음을 알리는 초인종 소리가 울렸다. 오전 진료를 시작할 시간이었다. 아빠가 부엌에서 나갔다. 역시나 손에는 무엇이 들었는지 알 수 없는 커피잔을 들고, 여전히 잠옷을 입은 채였다.

　토요일은 고통스러운 평일과 우울한 일요일 사이에 갇힌 죄수다. 토요일은 진정한 자유를 누릴 수 있는 유일한 날이다. 문제는 이 자유를 어떻게 써야 할지 모를 때가 많다는 것이다.

　우리는 대개 그냥 늘어져 있다. 프레드가 직접 쓰고 연주하는 기타 솔로 곡을 듣거나 17세기 범선 모형을 만들면서 말이다(에르완의 지시에 따라 만든다는 사실을 말해 두고 싶다).

　또는 자기 방 한복판에 자리한 칠판에다 바카리가

흥분 상태로 써 놓은 방정식에 흥미를 가져 보려 애쓰기도 한다. 비디오 게임을 하거나 영화를 보기도 하고, 책, 여자애들, 미래에 대해 이야기하기도 한다.

주린 배는 주로 피자와 콜라로 채운다. 토요일은 우리가 한 주를 살아가기 위해 힘을 회복하는 날이다.

우리는 점심을 먹고 본부에 모였다.

드디어 프레드, 에르완, 바카리와 이야기를 나눌 수 있었다. 녀석들은 나와 마찬가지로 변할 수 없는 괴상하고 서투른 면이 있다.

우리는 서로 다를 게 없다. 서로 틈만 나면 놀려 대긴 해도 정말로 중요한 무언가를 위한 자리를 서로에게 남겨 둘 줄 알았다.

에르완이 차를 담은 보온병을 챙겨 왔다. 그리고 소파 밑에서 조잡한 플라스틱 찻잔(정성스럽게 포장한)을 꺼내 우리에게 따라 주었다. 에르완이 끓인 차를 진심으로 좋아하는 사람은 아무도 없었다. 맛도 색깔도 흙탕물 같았기 때문이다. 그저 희한한 차라는 사실, 마시기 어려운 음료에 도전한다는 사실만이 마음에 들었을 뿐이다.

술은 아니다. 우린 아직 어리니까. 하지만 술을 마실 때처럼 눈을 감고 한 모금 마실 때마다 캬 하고 숨을 내쉬었다. 선선한 날씨에 더운 액체를 마시자 기분이 좋아졌다.

내 머릿속은 뒤죽박죽이었다. 이보다 더 불행할 수는 없었다. 엄마는 돌아가셨고 아빠는 상태가 좋지 않다. 그에 비하면 사랑의 슬픔은 별것 아니다.

하지만 이상하게도 그 슬픔은 마치 향신료처럼, 이미 존재하던 나의 불행에 또 다른 색조를 더하며 불행의 기운을 북돋았다.

그것이 가장 견디기 힘들었다. 잔을 후 불자, 숲의 흙내 같은 차의 향기가 콧속을 가득 채웠다. 세 친구는 안됐다는 듯 나를 바라보고 있었다.

이 또한 지나가리라. 실의에 빠져 있는 시간은 오래 가지 않는다. 인간은 믿을 수 없을 만큼 잘 버텨 낼 수 있다. 나는 괴로움 때문에 실제로 뼈가 부러지거나 피부에 상처가 나지는 않는다는 사실이 늘 놀랍다. 우리는 불굴의 존재지만, 한편으로는 온갖 고통에 민감하다. 그런 걸 생각하면 이상하다.

나는 마지막 남은 차를 삼켰다. 에르완이 얼른 잔을 다시 채워 주었다.

이 사랑의 슬픔이 어떤 끔찍한 결과를 가져왔는지 갑자기 떠올랐다. 내 생활 지도가 완전히 뒤바뀌게 될 것이다.

"이제 도서관은 저주받았어. 내가 차인 곳이 바로 거기잖아. 거기 가면 반드시 불행한 기분이 들 거야."

도서관이 파괴된다면 그보다 더 좋은 일은 없을 것이다. 나는 침착한 목소리로 다시는 도서관에 발을 들이지 않겠노라 선언했다.

친구들은 반대했다. 다들 도서관을 버리고 싶지 않았던 것이다. 도서관은 동네에서 기분 전환을 할 수 있는 유일한 장소이자 책과 음반, 영화의 보고였기 때문이다. 우리가 숙제를 하는 곳이기도 했다.

에르완이 도서관의 저주를 풀자고 제안했다. 하지만 우리가 회의적인 눈으로 쳐다보자 곧장 얼굴이 붉어졌다. 바카리가 평소처럼 냉정하게 말했다.

"방법은 두 가지야. 마리가 왜 우리를 차 버렸는지 (나는 바카리의 말을 끊고 차인 것은 나 혼자뿐이라는 사실을 상기시켜 주었다) 알아보든가, 아니면 아무것도 모른 채 바보처럼 질질 짜든가."

우리는 투표를 했고, 이유를 알아보는 걸로 결정했다. 내 정신 상태가 달라졌다. 우리 넷이 뭉치자 없었던 에너지가 생겨났다.

나는 혼자가 아니었다. 심장 박동이 빨라지고 행동할 의욕이 되살아났다. 차인 사람은 분명 나 혼자였지만 어떤 동지 의식이 우리를 하나로 묶어 주었다. 좋은 일이든 나쁜 일이든, 어떤 일이 일어나면 다른 사람들도 영향을 받는다.

특히나 프레드, 에르완, 바카리는 내가 마리와 사귀

어서 괴짜 바보라는 우리의 운명에 종지부를 찍게 되길 바랐던 것 같다. 나는 우리 중에서 무언가에 성공한 첫 번째 사람이었던 것이다. 하지만 그건 잘못이었던 걸로, 오해였던 걸로 드러났다. 우리가 사회 부적응자라는 것이 확실해졌다. 우리는 출발점으로 되돌아왔다.

"너에 대한 마리의 사랑이 사라진 지점으로 돌아가 보자."

프레드가 말했다.

"범죄 현장이군."

에르완이 중얼거렸다.

그래서 우리는 도서관으로 갔다. 도서관이 가까워질수록 탑이 점점 위협적으로 다가왔다.

며칠 전부터 오렌지색으로 물든 낙엽이 지고 있었다. 그래도 가을에 차이는 편이 그나마 낫다. 여름이었다면 쨍쨍 내리쬐는 태양과 방학으로 남아도는 시간 탓에 더 끔찍했을 것이다.

시들어 가는 참나무 이파리에서 허브차 향기가 퍼져 나갔다.

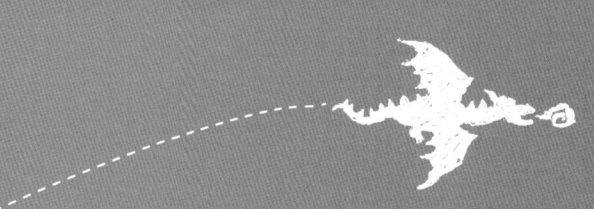

숨은 용을 보여 주는
거울에 대하여

마리처럼 매력적이고 섬세하며 영리한
소녀가 용이라는 것을 알아채기는 힘들다.
하지만 그것은 사실이었다.
용은 약삭빨라서 굉장히 호감 가는
사람의 모습으로 변신할 줄 안다.

토요일 늦은 오후의 도서관은 조용했다. 몇몇 사람들은 소파에 앉아 책을 읽고 있었고 또, 몇몇 사람들은 서가를 돌아다니며 책을 찾거나 시청각 자료실에서 음반을 고르고 있었다. 그러나 운명의 테이블을 차지한 사람은 아무도 없었다. 아무것도 모르는 이 사람들도 그 테이블에서 비극이 일어났었다는 사실을 본능적으로 느끼는 것 같았다.

　우리는 그 테이블을 혐오스러운 눈길로 바라보았다. 가로 2미터, 세로 1미터 50센티미터인 하얀색 사각형 테이블이었다. 의자 네 개가 딸려 있었다. 어떤 슬픔이 그 자리에서 풍겨 나오는 것 같았다. 나는 달려가서 테이블을 벽에 집어 던져 부숴 버리고 싶은 충동이 들었다.

우리는 갑자기 달려들지도 모르는 위험한 동물을 감시하듯 테이블을 빙 둘러쌌다. 지난번에 보았던 원자 폭탄에 대한 책들을 테이블 위에 펼쳤다. 나는 가방을 의자 다리에 기대 놓고 연필과 연습장을 꺼냈다. 모든 것이 목요일 저녁과 정확하게 같은 자리에 놓였다.

나는 자리에 앉았다. 어떤 마법이 일어나 마리가 나타날 것 같은 기대마저 들었다. 하지만 아무 일도 일어나지 않았다. 의자는 여전히 텅 빈 채였다.

우리는 무엇을 바라고 여기에 온 걸까.

테이블은 온통 하얗기만 한 그림처럼 보였다. 내가 조금도 이해할 수 없는, 미술관에 걸린 단색 그림들 말이다. 그런 그림을 보면 머릿속이 어지러웠다. 이 하얀 그림은 사라져 버린 마리의 사랑을 표현하고 있었다. 이것도 정말이지 이해할 수 없었다.

바카리, 프레드, 에르완은 주변을 둘러보고 있었다. 사라진 사랑이 도서관 한구석에 처박혀 있거나 겁먹은 박쥐처럼 천장에 매달려 있어서 곧 찾아낼 수 있다고 기대라도 하는 듯 말이다.

머릿속에서 이런저런 생각이 떠돌아다녔다. 나는 사랑하는 사람들이 사라진 뒤에 어떤 일이 일어나는지 자주 궁금해하곤 했다. 엄마는 돌아가셨지만 사라지지 않았다. 엄마는 언제나 나를 지켜 준다. 엄마는 늘 곁에 있다. 엄마가 살아 있다면, 이렇게 말했을 텐데라든가 이렇게 했을 텐데 하는 것들이 나에게 용기를 준다. 하지만 엄마의 자리가 비어 있는 건 사실이다. 그 빈자리는 절대 사라지지 않고 나와 함께할 것이다.

마리가 내 인생에서 사라진 일은 좀 다르다. 마리가 남긴 빈자리는 계속 남아 있지 않을 것이다. 그것은 단지 일시적인 사라짐, 사라지고 말 사라짐이니까. 몇 주, 몇 달 뒤면 내 사랑의 슬픔은 다 나을 것이다(설사

그때를 오늘은 떠올리기 어렵다고 해도).

내가 구멍이 잔뜩 난 치즈 덩어리처럼 느껴졌다. 내가 자라 어른이 되어 갈수록 나의 내면이 풍선처럼 부풀어 새로운 공간이 점점 더 많이 생겨날 것 같았다. 그 빈자리에 정신이 아찔했다. 지금 서 있는 곳에서 그 공간으로 떨어져 사라질 것만 같았다.

나는 의자에서 일어났다.

흔적도 없이 사라져 도서관 모든 책 사이사이에 향기처럼 스며든 사랑을 상상했다. 이제부터 어느 책을 펴 보든, 나는 잃어버린 사랑과 이제껏 잃어버린 모든 것에 대해 생각할 것이다. 그리고 역설적이게도 사랑의 상처를 잊기 위한 요법으로 공부에 빠져드는 것보다 더 나은 방법은 없다.

나는 백과사전의 책등을 어루만졌다. 독서를 통해서 그리고 앞으로 배울 것과 이룰 일들을 통해서 나는 내 안의 빈자리와 부족한 부분을 채워 나갈 것이다.

나는 친구들에게 나가자고 말했다.

도서관은 앞으로도 우리가 좋아하는 장소로 남을 것이다. 하지만 예전과 똑같을 수는 없을 것이다. 심술 궂고 흔해 빠진 삶이 도서관에 침입하여 우리 넷 모두에게 은신처란 없음을 새삼 일깨워 주었으니까.

이 사실을 깨닫고도 우린 슬픔에 쓰러지지 않고 살아가야 한다.

우리는 도서관에서 나왔다. 차고 메마른 공기가 얼굴을 에는 듯했다. 나는 몸을 감싸며 팔짱을 꼈다. 나무들이 이룬 지평선 너머로 태양이 사라지고 있었다.

내가 여러분이 읽고 있는 이 책을 《숨은 용을 보여 주는 거울》이라고 부른 이유는 세 가지다.

첫 번째 이유는 이 제목이 아름답기 때문이다. 나는 아름다운 것이 필요한 시기를 살아가고 있다. 아름다운 것으로 마음을 달래고, 아름다운 것과 더불어 살아가는 것은 의미 있는 일임을 느낄 필요가 있다.

두 번째 이유는 지금 막 생각났다. 여러분도 기억하듯이, 이 제목은 내가 해석하지 못한 오래된 이탈리아 책의 제목이다. 내 생각엔 삶도, 사랑도, 여자도, 결국 중요한 주제는 전부 이런 식인 것 같다. 우리는 사랑에 사랑이라는 이름을 붙이고 '사', '랑'이라는 두 글자를 쓰지만, 사랑이 정말 무슨 뜻인지는 전혀 모르고 있다. 우리의 삶은 우리의 감정과 존재에 책 제목을 붙이며 시간을 보내는 것과 같다. 삶과 죽음은 우리가 그 깊이와 본질을 완벽히 알기는 어렵다. 아주 옛날 이탈리아어로 쓰여 있어 번역하기 어려운, 아빠 서재에 있던 책처럼 말이다. 해석이 불가능하다는 뜻은 아니다. 다만 시간과 인내심, 공부가 필요하다는 것뿐이다.

세 번째이자 마지막 이유는 이렇다. 이 이야기가 결론적으로 숨은 용을 보여 주는 거울에 대해 말하고 있기 때문이다. 마리처럼 매력적이고 섬세하며 영리한 소녀가 용이라는 것을 알아채기는 힘들다. 하지만 그것은 사실이었다. 용은 약삭빨라서 굉장히 호감 가는 사람의 모습으로 변신할 줄 안다. 이 이야기에서 무엇이 거울 역할을 하는지는 모르겠다. 도서관에 있는 흰 테이블? 어떤 특정한 사건? 내 슬픔? 우리 개의 죽음? 막 싹트기 시작한 나의 지혜? 모르겠다. 그러나 용을 보여 주는 거울이 많이 있다는 사실은 알겠다. 우리는 그 거울을 찾아야 한다. 때로는 직접 만들어야 한다. 그러면 불완전한 감각이 (혼란스러운 마음과 함께) 우리를 속이려 할 때 큰 도움이 될 것이다.

에르완, 바카리, 프레드가 내 등을 툭툭 두드려 주었다. 우리는 도서관 근처에 있는 작은 공원을 걸었다. 사랑에 빠진 연인이 우리를 스쳐 지나갔다. 행복한 그들을 보니 나도 행복했다.

이건 최악이면서도 최고로 논리적인 설명이 되겠지만, 내 생각에 마리는 나를 전혀 사랑하지 않았을 것이다. 누구를 사랑했다가 몇 분 뒤에 그만 사랑하게 될 수는 없다. 그건 불가능하다. 반면 누군가를 사랑한다고 생각했는데 사실은 아니었다는 걸 깨닫게 될 수는 있다. 그건 가능하다. 나는 마리가 좀 더 주의를 기울이지 않은 걸 원망했다. 그렇게 제멋대로, 이기적으로 굴다니.

마리에 대한 분노가 사랑을 대신하기 시작했다. 드디어 마리를 싫어하게 되다니 기분이 좋았다. 끝내 주게 좋았다. 나는 승리의 미소를 지었다. 좀 심술궂지만, 그랬다고 털어놓아야겠다.

웬일로 아빠가 말이 되는 아이디어를 냈다. 이번 일요일 아침에 나에게 넥타이 매는 법을 가르쳐 준 것이다. 세금 신고서 채우는 법만큼이나 간단치 않은 일이었다. 하지만 이건 아빠가 아들에게 가르쳐 줄 만한 종류의 것이라 무척 마음에 들었다. 앞으로 오랫동안 넥타이 맬 일은 없을 것 같지만(내가 첫 세금 신고서를 채우기 전엔 없지 않을까), 매는 법을 알고 있다고 생각하니 기분이 좋았다. 이 지식을 얻게 되어서 행복하다. 마리가 남긴 빈자리가 조금은 메워질 테니까. 나는 배움에 목말라 있다.

바카리, 프레드, 에르완이 초인종을 눌렀다. 프레드
가 기타를, 에르완이 앰프를 가져왔다. 내가 마리에게
차였다고 말한 뒤부터 프레드가 작업했던 곡이 완성
되었다. 나는 그 노래가 이 사건을 다루고 있다는 걸
알고 있다.

나는 집에서 정원까지 이어지는 기다란 앰프 연결
선을 들고 아이들을 따라 밖으로 나갔다. 프레드가 기
타를 꺼내 앰프에 연결했다. 아빠, 바카리 그리고 에르
완과 나는 낮은 계단에 앉았다.

마리와 사귀어 보지 못한 것이 아쉽다는 생각을 가
끔 한다. 만약 그랬다면 나는 달라졌을 것이다. 성장하
고 뭔가 배웠을 것이다. 하지만 이 사랑의 슬픔도 헛
되지는 않다. 헛되게 만들지 않을 것이다. 내 인생은
이 일로부터 분명 영향을 받을 것이고, 나는 달라질
것이다.

프레드가 연주를 시작했다.

상실이 만들어 주는 가치

이 소설은 작가가 한국 독자들에게 보내는 서문에서 알 수 있듯이, 작가 자신의 청소년 시절을 바탕으로 쓴 이야기다. 주인공 마르탱은 담담하게, 유머 감각을 잃지 않으며 이야기를 이어 나가고 있지만, 마르탱에게 닥친 사건들을 하나하나 짚어 보면 설상가상, 엎친 데 덮친 격이라는 말이 절로 떠오른다. "이보다 더 불행할 수는 없었다."는 마르탱의 말에 절로 고개를 끄덕이게 되는 것이다.

우리는 살아가며 많은 것을 얻지만, 삶이란 또한 많은 것을 잃어버리는 과정이기도 하다. 사랑하는 사람이 세상을 떠나기도 하고, 사소한 이유로 내 곁에서 멀어지기도 한다. 마르탱이 키우던 개처럼 마음을 위로해 주던 존재를 떠나보내거나, 소중한 물건을 잃어버리는 때도 있다. 그래도 마르탱은 마리와 한 시간이나마 사귀어 보았지만, 세상에는 고백조차 해 보지 못한 채 접어야 하는 사랑도 있다.

이런 일을 겪으면 마음속에 구멍이 뻥 뚫린 것 같은 느낌이 들 것이다. 마르탱이 자신을 "구멍이 잔뜩 난 치즈 덩어리처럼" 느끼게 된 것과 같이. 어떤 구멍은 시간이 조금만 흐르면 저절로 메워지기도 하고 다른 행복을 통해 메워지기도 한다. 그러나 또 어떤 구멍은 아무리 세월이 오래 흐르고 온갖 노력을 해도 생긴 그대로 남아 있기도 한다. 이것은 어른이 되어도 마찬가지다. 마르탱의 아빠만 보더라도 알 수 있을 것이다. 오히려 아빠보다 마르탱이 엄마의 빈자리를 더 어른스럽게 보듬고 있으니 말이다. 아빠가 마르탱만큼 의연해지려면 좀 더 시간이 필요하지 않을까. (아빠와 마르탱의 다음 이야기가 궁금하다면《더러운 나의 불행

너에게 덜어 줄게》를 읽어 보시길)

삶을 살아감에 있어 아무것도 잃어버리지 않고 살
수는 없다. 상실도 삶의 일부니까. 중요한 것은 잃어버
린 것을 헛되이 하지 않으려는 노력이다. 바카리가 냉
정하게 말했듯, 방법은 두 가지뿐이다. "마리가 왜 우
리를 차 버렸는지 알아보든가, 아니면 아무것도 모른
채 바보처럼 질질 짜든가." 이유를 알아낸다고 마리
가 다시 돌아오는 건 아니라고 말하고 싶을지도 모르
겠다. 물론 그 말도 맞다. 하지만 가만히 있었다면 마
리의 정체가 용(!)이었다는 것조차 알지 못한 채 자책
만 하고 있을지도 모르는 것 아닌가. "범죄 현장"이 되
어버린 도서관에도 다시는 가지 못 할 게 뻔하고 말이
다. 그러나 거기서 멈추지 않고 용감하게 현실을 마주
한 덕에 마르탱은 자기 마음과 자기가 좋아하는 장소
를 지킬 수 있었다.

하지만 의연하게 맞설 수 있는 힘을 갖추었다 해도,
누군가 또는 무언가를 잃어버리는 건 역시 힘든 일이

다. 그러나 그렇다 하더라도 마음에 구멍이 생기는 걸 너무 두려워 말길 바란다. 구멍이 있기 때문에 비로소 가치가 생기는 경우도 있지 않은가. 마르탱이 말한 구멍 난 치즈만 해도 비교적 고급 치즈에 속하니 말이다. 우리의 마음을 이렇게 흔든 작가 자신도 마음속에 빈자리를 품고 있었기 때문에 이렇게 가치 있는 이야기를 쓸 수 있었던 건지도 모른다. 아름다운 것은 때로 부족함에서 태어나기도 한다. "우리 자신을 창조하는 것 또한 우리"라고 작가가 말했듯, 여러분도 자기 안의 비어 있는 부분에서 분명 무언가를 창조해낼 수 있을 것이라 생각한다.

2013년 도쿄에서,

배형은

푸른봄 문학 ⑮

첫사랑을 위한 테라피

숨은 용을 보여 주는 거울

(원제 : Traite sur lés miroirs pour faire apparaître les dragons)
마르탱 파주 **지음** | 배형은 **옮김**

초판 인쇄일 2013년 4월 30일 | **초판 발행일** 2013년 5월 15일
펴낸이 조기룡 | **펴낸곳** 내인생의책 | **등록번호** 제10-2315호
주소 서울시 마포구 망원동 385-39 삼운빌딩 3층 (우)121-821
전화 (02)335-0445 | **팩스** (02)6499-1165
전자우편 bookinmylife@naver.com
주간 한소원 | **편집장** 이은아 | **책임편집** 이다겸
편집 김지연, 황윤진, 조일현, 김수령, 이채령
디자인 한은경, 심재원 | **마케팅** 김상석

Traite sur lés miroirs pour faire apparaître les dragons _Martin Page
Copyright©L'ECOLE DES LOISIRS (Paris), 2009
Korean Translation Copyright © TheBookinMyLife Publishing Co. Ltd., 2013
All rights reserved.
This Korean edition was published by arrangement with
L'ECOLE DES LOISIRS (Paris)
through Bestun Korea Agency Co., Seoul

이 책의 한국어판 저작권은 베스툰 코리아 에이전시를 통해 저작권자와의
독점계약으로 내인생의책에 있습니다. 저작권법에 의해 한국 내에서
보호를 받는 저작물이므로 무단전재와 무단복제를 금합니다.

ISBN 978-89-97980-43-7 (43860)
(CIP제어번호 : 2013004934)

* 책값은 뒤표지에 있습니다.
* 잘못된 책은 구입처에서 바꾸어 드립니다.